LA SIXIÈME, DINAH ET MOI

À M.

La vie au collège revue et rêvée par la littérature

Elisabeth Brami invite des écrivains à donner,
à la première personne, la parole et une voix intime
à des personnages de collégiens.

Loi n° 49-956 du 16 juillet 1949 sur les publications destinées à la jeunesse,
modifiée par la loi n° 2011-525 du 17 mai 2011.
ISBN : 978-2-09-255385-5
Dépôt légal : juin 2014

MIXTE
Papier issu de sources responsables
FSC® C022030

N° d'éditeur : 10212998
Imprimé en janvier 2015 par Jouve (53100 Mayenne, France)
N° d'impression : 2179580R

LA SIXIÈME, DINAH ET MOI

Marianne Rubinstein

Nathan

1

Ce matin, la nouvelle prof de français nous a demandé ce que nous avons retenu de plus important de notre année de 6e. Ce sera notre premier devoir à la maison de 5e.

Elle nous a donné des consignes écrites au tableau que nous avons dû recopier dans notre agenda :

1) Nous avons le droit de raconter tout ce que nous avons envie, que cela concerne ou non le collège.

2) Nous avons le droit d'inventer, de mêler le réel et l'imaginaire. En aucun cas nous ne sommes tenus de dire la vérité et toute la vérité,

ce devoir n'étant pas une déposition devant un tribunal. (Et elle a souligné deux fois le mot *tribunal*.)

3) Nous avons le droit de dire que ce que nous avons retenu de plus important de notre année de 6e, c'est le jour où nous avons appris les fractions, mais il faut expliquer pourquoi. (Par exemple : « C'est à ce moment-là que j'ai compris que j'adorais les maths » ; bien sûr, il faudra développer davantage, a-t-elle précisé à Kevin qui demandait si ça suffisait.)

4) Ce devoir étant très spécial, nous avons le droit de l'écrire comme on veut et elle a noté *Style !* au tableau, souligné deux fois (elle a essayé de nous expliquer ce que cela signifiait, ça n'a pas été du gâteau) MAIS, a-t-elle ajouté, en soignant l'orthographe.

Comme aujourd'hui je dois aller chercher mon frère à la sortie de l'école et ensuite rejoindre maman au magasin pour finir les courses de la rentrée, je n'ai pas tardé. Mais sur le chemin, j'ai repensé à ce devoir. Pas besoin de me creuser la tête : moi, Louise, douze ans, je sais que le plus important de mon année de 6e, ça a été ma rencontre avec Dinah.

Mais d'abord, il faut que je raconte pourquoi Léa et moi on était fâchées, car tout cela ne serait jamais arrivé si j'étais restée amie avec Léa. Léa et moi, on se connaît depuis qu'on est bébés. On a eu la même nounou, on était ensemble à la maternelle puis à l'école, et d'ailleurs on nous appelait les inséparables. Sauf qu'à la fin du CM2, je m'en souviens, on était dans la cour quand Léa nous a dit, à Sonia et moi :

– Les Anglais débarquent.

– Comment tu sais ? j'ai demandé. Je n'en ai pas vu beaucoup en ville.

Alors elles se sont mises à rire toutes les deux en me regardant et je voyais bien qu'elles se moquaient de moi, mais je ne comprenais pas pourquoi. Avais-je raté quelque chose ? Étaient-ils arrivés en masse par le ferry de Cherbourg ?

C'est vrai qu'ils aiment bien venir chez nous et faire des achats à l'épicerie des parents de Sonia où ma mère travaille, la fameuse épicerie Aymard. Et c'est le lendemain, en posant des questions à maman sur l'arrivée éventuelle d'un grand nombre d'Anglais, que j'ai su que « Les Anglais débarquent » signifiait que Léa avait eu ses règles. Et que, si on parlait des Anglais, c'était parce qu'avant leur tenue militaire était rouge comme le sang.

– Tu sais ce que sont les règles ? m'a demandé ma mère.

– C'est quand il devient possible pour une fille d'avoir des enfants, j'ai répondu.

– Oui, c'est ça. Vient un moment où les filles se mettent à perdre du sang entre les jambes, une fois par mois, ce qui signifie qu'elles peuvent avoir des enfants. Et justement, durant les neuf mois où elles sont enceintes, leurs règles s'arrêtent. C'est d'ailleurs souvent comme ça qu'on s'aperçoit qu'on est enceinte.

Bref, une fois informée, je croyais que Léa

et moi on redeviendrait amies comme avant. D'autant que Sonia, c'était la star de l'école avant d'être celle du collège et, même si Léa était fière d'être devenue son amie, j'imaginais que Sonia se lasserait vite parce que, avec elle, c'est souvent comme ça. Mais ce n'est pas ce qui s'est passé et, en juillet, j'ai attendu en vain que Léa m'appelle pour qu'on aille ensemble, comme tous les ans, à la fête foraine. J'ai donc fini par y aller avec Pierre, mon petit frère, et là, je les ai vues toutes les deux aux autos tamponneuses, à rire et à se tamponner contre la voiture de Maxime et Jérémy. Je leur ai fait coucou de la main, mais elles ont fait semblant de ne pas me voir. Le lendemain, j'ai téléphoné à Léa pour qu'on s'explique, et comme elle n'était pas là, j'ai demandé à sa mère qu'elle me rappelle, mais elle ne l'a jamais fait.

– Trop occupée à être invitée chez Sonia, a dit ma mère qui l'avait su de l'épicerie.

2

L'épicerie Aymard, c'est la caverne d'Ali Baba. On y trouve de tout : non seulement des légumes, des fromages, de la charcuterie, des boissons, des conserves, des surgelés, mais aussi toutes sortes de bonbons et de chocolats, des jouets en bois, des crèmes et des savons, des carnets, des automates et des boîtes à musique, des figurines… ces figurines, qu'est-ce que j'ai pu en rêver ! D'ailleurs, c'était pas difficile, quand maman voulait vraiment me faire plaisir, elle m'en achetait une (elle a 30 % de remise), et j'ai fini par avoir presque toute la collection du Moyen Âge avec Merlin, Arthur, la princesse Guenièvre et ses suivantes, Lancelot et les autres chevaliers de la Table ronde. Quand j'étais petite, je passais des heures à jouer avec et, même si maintenant ça ne m'amuse plus, je ne veux pas les donner à Pierre parce que je suis certaine qu'il n'en prendra pas soin – ce crétin casse tout.

Ma mère dit toujours que l'épicerie Aymard, c'est Harrod's en modèle réduit. Moi, je ne connais pas Harrod's, mais elle m'a expliqué que c'est un magasin super chic à Londres où l'on achète de la nourriture, et c'est vrai que l'épicerie Aymard, c'est spécial parce que ça ne ressemble ni à un supermarché ni à une épicerie normale. Par exemple, à la torréfaction où ma mère travaille, il y a une grande machine en cuivre pour brûler le café et une autre pour le moudre et ça fait comme un décor. Et puis surtout, ça sent bon, le café torréfié ! On y trouve aussi des centaines de thés et de tisanes différents. Quand il n'y a pas de clients, ma mère prépare des petits paquets de thé, de gâteaux et de bonbons avec la marque

« Grande Épicerie Aymard ». Il paraît que ça fait chic et que les touristes en raffolent. D'ailleurs, certains Anglais traversent exprès la Manche pour visiter l'épicerie et acheter les alcools que le père de Sonia a choisis. Mon père dit toujours qu'il ne comprend pas ce qu'on trouve à ces « gâteaux de riches » que maman rapporte parfois à la maison, mais elle lui répond qu'il ne crache pas sur le bon café qu'elle rapporte aussi et d'ailleurs, il a du mal à boire celui qu'oncle André achète dans un superdiscount.

Moi, je n'ai jamais été invitée chez Sonia et ma mère trouve que c'est tant mieux – chacune à sa place. Elle a toujours préféré que je me tienne à l'écart, parce que, si on avait été amies et qu'on s'était disputées, ça aurait pu être embêtant, on ne sait jamais. Ne te fais pas remarquer, m'avait-elle conseillé, fais en sorte que Sonia ne te prenne pas en grippe, il paraît qu'elle ne supporte pas la concurrence. À vrai dire, ça ne risque pas : les garçons la trouvent très jolie, elle a tout ce qu'elle veut et, même si ses notes ne sont pas géniales, ça n'a pas l'air de l'inquiéter. Comme dit ma mère, elle restera toujours une Aymard, et mon père ajoute : « C'est sûr que quand on va hériter de la moitié de la ville, pas besoin de bien travailler à l'école… »

3

Le matin de l'entrée en 6e, je me souviens d'avoir eu mal au ventre avant de partir. Jusqu'alors, j'avais toujours aimé la rentrée car, dans notre école, il n'y avait qu'une classe par niveau, j'étais donc sûre de me retrouver dans celle de Léa. Mais là, c'était exactement ce que je craignais.

Dans la voiture qui m'amenait pour ce premier jour au collège, maman me répétait que c'était normal d'être inquiète, mais que tout allait bien se passer : j'allais avoir plusieurs professeurs, j'allais devoir me repérer dans des locaux que je ne connaissais pas, il faudrait que je prenne tous les soirs le bus scolaire pour rentrer (alors qu'avant je rentrais à pied de l'école avec mon petit frère), mais une fois que je serais habituée, ce serait facile, c'est pour ça qu'il ne fallait surtout pas que je m'angoisse, tout allait très bien se passer.

Moi, je restais silencieuse parce qu'en vrai, ce n'était pas du tout ça le problème, ce que je craignais, c'était de me retrouver dans la même classe que Léa et Sonia. Que ferais-je alors ? Ça risquait d'être horrible… Après la fête foraine et mon appel sans réponse, il m'avait été facile de les éviter : j'allais à la plage avec Pierre, une plage où je savais que ni l'une ni l'autre ne venaient jamais. J'étais même devenue vaguement copine avec une fille de mon âge qui passait les vacances dans une maison voisine et qui était repartie chez elle à la fin du mois d'août. Mais là, il n'y aurait plus d'échappatoire, et j'imaginais l'humiliation suprême que ce serait d'être dans la même classe alors qu'elles ne m'adressaient plus la parole !

Eh bien, c'est exactement ce qui s'est passé. Quand j'ai vu qu'on se retrouvait toutes les trois en 6e 2, j'ai eu l'impression de manquer d'oxygène. Puis la prof principale a demandé que l'on se mette deux par deux pour monter dans la classe, et là je me suis dit que j'allais me ridiculiser grave : en plus de Léa et Sonia, il y avait Marie-Lou et Laura, et la bande des garçons – Guillaume, Mathis, Maxime et Jérémy – et les paires se formaient tout naturellement. Dans quelques secondes, ma honte allait être publique, tout le monde allait voir que personne ne voulait être avec moi. C'est alors que j'ai entendu une petite voix dire :

– Tu es toute seule ?

Il m'est si facile de décrire Dinah. J'ai tout gardé en mémoire. Et même si j'oubliais, ce serait simple, elle était l'inverse de moi. Petite alors que je suis grande. Aussi brune que je suis blonde. Les cheveux ondulés alors que les miens sont tout raides et que ça m'énerve. Avec de grands yeux noirs en amande alors que j'ai les yeux bleus. Tout dans sa façon d'être était différent : elle n'était pas habillée comme nous, ne parlait pas comme nous, n'avait pas le même accent que nous, et j'ai vu tout de suite, à l'air moqueur avec lequel me regardait Léa, qu'elle considérait que je me mettais avec cette fille dont personne ne voulait uniquement pour ne pas me retrouver seule. C'est plus tard que je me suis rendu compte qu'en fait Dinah était très jolie. Au début, je ne voyais que ce qu'elle avait de différent de nous et ça ne m'attirait pas tellement, même s'il valait mieux rester avec elle plutôt que de me retrouver toute seule.

C'est à cause du bus scolaire que, dès le premier mardi de la rentrée, j'ai su qu'on était voisines, Dinah et moi. Elle devait prendre le bus ce jour-là car sa mère ne pouvait pas venir la chercher, et elle ne savait pas où était l'arrêt. Moi, je l'avais pris pour la première fois la veille et, comme j'avais repéré qu'il y avait plusieurs bus, je lui ai demandé où elle habitait. Et quand elle m'a expliqué, j'ai dit : « Mais c'est dingue ! Alors on est voisines. »

En fait, sa maison, je la connaissais avant qu'elle n'y habite. On l'a toujours appelée « la maison de l'architecte » car, avec toutes ces baies vitrées, elle ne ressemblait à aucune des autres maisons de la plage. Avant, elle n'était louée que l'été, à des Parisiens, mais si j'ai bien compris, les parents de Dinah venaient de l'acheter. Moi, j'habite un peu plus loin, de l'autre côté de la route, côté champ. Et encore plus loin, du même côté que la maison de Dinah, il y a celle de Sonia, une très grande maison en pierre qui ressemble à un petit château et donne aussi sur la plage. D'ailleurs, ma mère dit toujours qu'il faut traverser plus qu'une route pour passer de côté champ (notre côté) à côté mer (celui de Dinah et Sonia). C'est pour ça, je pense, que ma mère se méfiait un peu de Dinah. Et quand j'ai été invitée la première fois chez elle, maman m'a dit de refuser. « Qu'ils ne croient pas que… », a-t-elle ajouté. J'ai attendu la fin de la phrase, mais elle s'est arrêtée là, et je n'ai pas insisté. À vrai dire, je n'y tenais pas tellement.

4

C'est en novembre que les choses ont commencé à changer. Comme tous les mardis, la mère de Dinah travaillait jusque tard au Conservatoire de Cherbourg et on rentrait en bus toutes les deux, puis on parcourait les quelques centaines de mètres qui nous amenaient devant son portail. Et c'est là, au moment de se quitter, que Dinah m'a dit :

– Tu ne veux pas venir goûter chez moi ?

J'ai regardé ma montre, ce qui était ridicule car je savais bien l'heure qu'il était : avec le bus scolaire, j'arrive tous les soirs à 17 h 30 à la maison. Puis j'ai pensé que maman ne finissait pas avant 19h30 et que Pierre était au foot. J'allais donc me retrouver toute seule avec mon chocolat chaud, mon pain et mes tartines.

– Pourquoi pas ? ai-je répondu.

Et c'est ainsi que je suis entrée pour la première fois chez Dinah. Je n'avais jamais vu un salon comme ça : d'abord, c'était beaucoup plus grand que chez moi, et surtout, il y avait la mer, si proche (c'était marée haute) et la lumière qui entrait par les grandes baies vitrées, comme si, au lieu d'être dans une maison, on se retrouvait directement sur la plage. Ça faisait un drôle d'effet, mais c'était beau !

Je me souviens aussi de l'odeur : une odeur de pomme mélangée à quelque chose que je ne connaissais pas.

– De la cannelle, m'a expliqué Dinah. Les gâteaux aux pommes et à la cannelle, c'est la spécialité de maman.

Au centre de la pièce, il y avait un immense piano. Pas un de ces pianos collés contre le mur comme chez mon oncle André. Non !

Un immense piano noir avec un couvercle maintenu ouvert.

– Tu sais jouer ? j'ai demandé.

– Un peu, elle a répondu. Et toi ?

– Non, mais j'aurais bien aimé. Mon oncle m'avait dit qu'il m'apprendrait, mais ça ne s'est pas fait. Tu joues quelque chose ?

Alors elle a posé ses doigts sur les touches et, soudain, ça a été un déferlement de notes, je n'imaginais pas que l'on puisse jouer aussi vite, j'arrivais à peine à suivre ses doigts du regard tant ils bougeaient. Puis elle s'est arrêtée d'un coup, a refermé le couvercle et dit :

– Bon, on va goûter ?

– Tu joues bien.

– Merci ! Tu sais, ma mère est prof de piano, alors j'ai commencé jeune.

Elle n'avait pas l'air de trouver ça important. Comme si c'était normal.

On a pris notre goûter et ça m'a bien plu, la cannelle. Et puis on s'est demandé quoi faire et j'ai proposé qu'on dessine. Le dessin, c'est ma passion numéro un. Et les mangas, ma passion numéro deux. La bibliothécaire de la ville en commande souvent. Une fois, elle m'a même demandé quels étaient mes mangas préférés parce que je suis une de celles qui en empruntent le plus (de livres aussi d'ailleurs, car les mangas, c'est trop vite lu, donc je complète avec des livres). En tout cas, ça a servi à quelque chose car, depuis, il y a tous les tomes de mon shojo préféré (je précise : un shojo, c'est un manga « pour filles »).

Alors j'ai eu une idée qui est devenue ma passion numéro trois : mêler ma passion numéro un avec la numéro deux en créant mon propre shojo. C'est ce que j'ai expliqué à Dinah ce jour-là et, pour lui montrer, j'ai dessiné mon héroïne : Hildeline.

– Elle est belle, a murmuré Dinah.

Et ça m'a fait plaisir parce que, quand j'avais montré Hildeline à ma mère, elle m'avait juste dit qu'elle trouvait que ses seins étaient trop gros et que ça faisait vulgaire.

– Et l'histoire, c'est quoi ? a demandé Dinah.

Je lui ai raconté qu'Hildeline était une princesse qui avait été enlevée, bébé, par les Masahis, un peuple de guerriers. En grandissant, elle devenait la meilleure amie de Vita, la fille du roi masahi et, ensemble, elles apprenaient à monter à cheval, à manier l'épée et le sabre.

– Et ensuite ?

– Ensuite, je ne sais pas encore, j'ai répondu. Je n'en suis qu'au début.

– Je pourrais t'aider, si tu veux, a-t-elle proposé.

Oui, c'est bien comme ça que tout a commencé. Désormais, la mère de Dinah nous ramenait tous les soirs sauf le mardi, mais quel que soit le jour, c'était ensuite toujours le même programme : on goûtait, on faisait nos devoirs, puis on se mettait à notre projet. Car c'était devenu le nôtre et je me rendais compte qu'il y avait tellement de choses à faire, heureusement qu'on était deux ! Dinah dessinait les décors, et moi les personnages :

Hildeline, Vita, le roi et la reine masahis, et le prince Ispan, frère de Vita et amoureux en secret d'Hildeline. Il fallait aussi écrire le scénario et, pour ça, elle était forte.

Bien sûr, maman n'aurait pas été d'accord pour que je passe tous les soirs chez eux, alors je n'ai rien dit. De toute manière, j'étais toujours à la maison vers 18 h 30 car c'était l'heure où Dinah devait faire son piano, soit bien avant que papa et maman rentrent. Le seul qui aurait pu me trahir, c'était Pierre, mais j'avais réussi à acheter son silence avec des bonbons. Bon, c'est vrai, pas seulement des bonbons, je l'avais un peu menacé aussi – comme dit mon père, carotte et bâton, ça marche ensemble.

5

Jamais je ne m'ennuyais avec Dinah. Avec Léa, surtout à partir du CM1, il y avait des moments où l'on ne savait pas quoi faire ensemble, et je me dis maintenant qu'en fait, c'était parce qu'on n'avait déjà pas les mêmes goûts. Avec Dinah, rien n'était comme d'habitude, mais tout me plaisait :

1) la maison, qui ne ressemblait pas du tout à chez moi (contrairement à celle de Léa), mais où je me sentais bien, surtout quand il y avait du feu dans la cheminée ;

2) faire nos devoirs ensemble, ce qui prenait rarement plus d'une demi-heure ;

3) avancer dans notre histoire.

Le moment le plus bizarre, c'était le goûter car Dinah ne mangeait rien de ce que j'avais l'habitude de manger chez moi. Certains jours, c'était des makis, ces petits rouleaux de riz entourés d'une algue dans lesquels on peut mettre du saumon, de l'avocat, du thon ; d'autres jours, c'était le fameux gâteau aux pommes et à la cannelle fait maison. Ou du pain, toujours fait maison, avec des carottes râpées ou encore de la compote de pommes avec un œuf dur (et je dois dire que ce goûter n'était pas mon préféré). Chaque fois, c'était la surprise et ça me plaisait. Bien sûr, je n'étais pas obligée de prendre la même chose que Dinah, et d'ailleurs sa mère me proposait souvent des céréales ou des tartines beurre-confiture, mais je refusais tout net : même quand j'aimais moins, je préférais avoir la même chose que Dinah. Et puis c'était tellement étrange de manger du salé au goûter…

Il y avait une autre bizarrerie chez Dinah,

mais celle-là, je la trouvais moins drôle : même si elle restait le midi au collège, elle ne mangeait pas à la cantine avec nous, mais dans une pièce séparée, un repas que sa mère lui préparait à l'avance. Pour moi, c'était le pire moment de la journée, le moment où je devais trouver une table en évitant soigneusement celle de Léa et de Sonia qui ne manquaient pas de me regarder d'un air ironique si je passais devant la leur. Dinah, la boîte qui contenait son déjeuner, elle appelait ça un « bento » parce qu'au Japon il paraît que ça s'appelle comme ça, et Dinah adorait tout ce qui était japonais – c'est pour ça qu'on s'était retrouvées sur les mangas. Ce bento, c'était plusieurs boîtes rectangulaires en plastique dans lesquelles il y avait les divers aliments composant son repas et qu'on superposait en les maintenant avec un gros élastique. Elle le transportait dans un petit sac en Nylon conçu exprès pour ça qu'elle déposait tous les jours dans le frigo de l'infirmerie.

J'aurais bien aimé qu'elle mange son bento

avec moi à la cantine, mais c'était interdit par le règlement du collège de manger à la cantine autre chose que les aliments de la cantine, pour une histoire de sécurité et de microbes que je n'ai pas bien comprise.

C'est plus tard que Dinah m'a expliqué toutes ces bizarreries : en fait, elle était allergique à l'arachide et ne pouvait pas avaler non plus une trop grande quantité de produits laitiers car elle ne les digérait pas bien. Ça te fait quoi ? j'avais demandé, et elle m'avait dit que les produits laitiers, si elle en prenait trop, ça lui donnait des boutons, un peu d'asthme ou mal au ventre, mais le vrai poison, ce à quoi il fallait vraiment vraiment faire attention, c'était l'arachide. Qu'elle avale la moindre cacahouète ou qu'il y ait une trace de graine d'arachide dans un aliment et c'était la catastrophe. C'était pour ça qu'elle ne mangeait que ce que sa mère lui préparait car, au moins, elle était tranquille. Et c'est vrai que, maintenant que j'y fais attention, c'est fou le nombre d'emballages sur lesquels il est écrit qu'il peut y avoir des traces d'arachide.

Mais ce jour-là, j'en entendais parler pour la première fois. Je lui ai aussi demandé :

– Dangereux comment ?

– Ma gorge peut tellement enfler que ça m'empêche de respirer. C'est un peu comme si tu te faisais piquer par une guêpe juste au fond de la gorge, là où il y a la trachée.

S'il y a un truc qui m'angoisse l'été quand on prend notre goûter dehors et que je mets de la confiture de fraises sur mes tartines, c'est bien d'avaler une de ces guêpes qui tournoient autour de moi comme s'il n'y avait rien de meilleur que ce que je suis en train de manger.

– Mais de ça, on peut mourir !

– Eh bien mon allergie, c'est pareil, avait-elle murmuré.

Et même si elle avait dit ça calmement, elle avait eu l'air si terrorisée que j'avais préféré changer de sujet.

6

Finalement, je me suis dit que Léa avait eu raison. Avant de rencontrer Dinah, je croyais qu'elle était ma meilleure amie, mais en fait ce n'était plus de l'amitié, c'était de l'habitude. Sauf que je ne m'en étais pas rendu compte parce que la vraie amitié, je ne savais pas ce que c'était. Et aussi parce que ça faisait si longtemps qu'on était amies que je ne voulais pas que ça cesse, surtout à cause de cette peste de Sonia !

C'est d'ailleurs ce que j'ai expliqué à Léa, le jour où on s'est reparlé, à la fin du premier trimestre de la 6e. J'ai été surprise qu'elle s'asseye à côté de moi, à la cantine. On a discuté de choses et d'autres et puis elle m'a dit qu'elle regrettait pour l'été passé, la fête foraine et tout et tout. Et c'est là que je lui ai répondu que finalement elle avait eu raison, nous deux c'était déjà un peu terminé à ce moment-là, et que je ne lui en voulais plus. Bon, ça n'avait pas eu l'air de lui faire plaisir, mais moi, j'étais contente quand même de lui avoir dit ce que je pensais.

Parce que la vraie amitié, c'est précieux. Et c'est pour ça que j'aimerais tellement revenir en arrière et effacer les mois qui viennent de s'écouler.

Mais j'en étais à l'hiver dernier. Désormais, je restais chaque soir jusqu'à 18 h 30 chez Dinah et notre shojo avançait vite. Sa mère avait pris l'habitude de préparer deux goûters identiques et si, au début, je n'osais pas trop manger parce que ça ne se fait pas, j'avais arrêté d'être gênée le jour où la mère de Dinah m'avait expliqué qu'au contraire, depuis que je partageais son goûter, Dinah se sentait pour la première fois comme les autres et ça lui faisait du bien.

C'est en décembre que les choses se sont gâtées. Deux semaines avant les vacances de Noël. Mes parents étaient contents que je me sois bien adaptée au collège (j'avais même eu les félicitations). Ma mère m'avait avoué qu'elle avait craint que je prenne mal cette histoire avec Léa et elle était donc très soulagée de voir que ça n'avait pas été le cas. De mon côté, j'avais un peu parlé de Dinah, mais sans dire à mes parents que je passais tous les jours une bonne heure chez elle.

Quand j'ai vu le geste de la main que faisait ma mère en sortant de la voiture (du genre, tu vas te prendre une sacrée rouste), j'ai immédiatement compris qu'il y avait un problème. Je me suis précipitée dans la chambre de Pierre pour savoir si c'était bien ce que je pensais et, de mon air le plus menaçant, j'ai dit :

– J'te préviens, si t'as parlé, ça va mal aller pour toi !

– J'te jure que non, Louise...

– T'as intérêt, vu la fortune que tu m'as coûté en bonbons.

– J'ai rien dit, même si j'en ai marre que tu sois pas à la maison avant 18 h 30…

Ça devait donc être autre chose qui contrariait ma mère. En tout cas, j'allais le savoir vite, parce que, à peine rentrée à la maison, elle a crié :

– Louise, viens ici, s'il te plaît.

– J'arrive.

– Tu n'as pas quelque chose à me dire ?

– Non, pourquoi ? Tout va bien, les vacances arrivent, mon collège est sympa…

– Tu vas où, après le collège ?

Il y a des moments où il vaut mieux dire la vérité. J'ai donc tout raconté.

– Je vais chez Dinah, jusqu'à 18 h 30. Je n'ai rien dit car je savais que tu ne serais pas d'accord.

– Tu as raison, je ne suis pas du tout d'accord. D'autant que, si j'ai bien compris, tu laisses ton frère seul tous les soirs ?

– Oui, mais je débarrasse son goûter en rentrant. Et j'ai ajouté entre mes dents : Celui-là, il va voir ce qu'il va voir

– Il ne va rien voir du tout, a dit ma mère qui a

l'oreille fine. Ce n'est pas de lui que je l'ai appris, mais de la mère de ton amie Dinah. Et s'il y a quelqu'un qui doit rendre des comptes ici, c'est bien toi !

– La mère de Dinah ?

– Oui, elle est passée au magasin aujourd'hui pour acheter du café torréfié. Elle m'a expliqué que d'habitude elle achète plutôt des capsules, mais que sa machine à café était tombée en panne. Moi, je ne la connaissais pas, mais elle, elle avait l'air de très bien savoir qui j'étais. Et voilà qu'elle me fait plein de compliments sur toi : combien sa fille était contente de t'avoir comme amie, que c'était formidable que vous habitiez l'une à côté de l'autre et que tu puisses prendre le goûter avec elle tous les jours. Moi, je tombais des nues, j'ai dû passer pour une idiote.

– Je suis désolée, maman.

– Ça ne suffit pas d'être désolée. Il n'est plus question que tu ailles chez elle. Et maintenant, va dans ta chambre. On en reparlera tout à l'heure, avec ton père. Je ne suis pas sûre qu'il appréciera.

Moi, je savais que « je ne suis pas sûre qu'il appréciera » voulait dire en fait : « Je suis sûre qu'il n'appréciera pas. »

7

D'ailleurs, il n'a pas du tout apprécié : pendant les deux semaines qui restaient jusqu'aux vacances de Noël, en plus de devoir être à la maison à 17 h 30 précises (ma mère ou mon père téléphonerait à 17 h 35 pour vérifier que j'étais bien rentrée), je n'aurais plus le droit de regarder la télé.

Un jour, ma marraine (qui est la cousine préférée de maman) m'avait expliqué qu'à l'adolescence, on passait souvent du rire aux larmes et de la joie la plus intense au désespoir le plus profond. Eh bien ce soir-là, dans ma chambre, j'ai pensé que j'étais vraiment devenue ado, car, alors que j'étais rentrée à la maison toute contente parce qu'on venait de terminer le premier chapitre de notre shojo – celui où l'on apprend l'histoire d'Hildeline, et qui se termine quand elle et Vita ont une dizaine d'années et s'entraînent ensemble à monter à cheval et à manier le sabre et l'épée –, voilà que j'étais desespérée à l'idée que ces moments chez Dinah étaient terminés.

Mais, heureusement, il y a eu les vacances de Noël. Après le réveillon, Pierre est parti quelques jours chez mon oncle André (dont le fils, Lilian, a le même âge que mon frère) et moi, j'ai eu la permission de rester à la maison alors que les autres années, j'avais été obligée de l'accompagner et de surveiller les deux garçons qui sont aussi casse-pieds l'un que l'autre. Je passais donc mes journées toute seule. Maman travaillait du matin au soir à l'épicerie – à cette période de l'année, elle est même obligée d'y aller le dimanche matin, ce qui lui permet de rester avec nous certains mercredis et des week-ends entiers pendant l'année scolaire. Et papa, qui est ostréiculteur, s'occupait des commandes d'huîtres – moi, j'ai toujours du mal à comprendre comment on peut avaler ce truc visqueux, mais bon…

Au bout de deux jours, j'ai commencé à vraiment m'ennuyer. Et le soir du troisième jour, j'ai eu un coup de cafard terrible d'être coincée à la maison, toute seule, à regarder la télé tout l'après-midi (ma punition s'étant terminée le premier jour des vacances). Alors quand maman est venue me dire bonsoir, elle a tout de suite vu que ça n'allait pas et elle m'a demandé :

– Qu'est-ce qui se passe ?

– J'en sais rien. Un coup de cafard.

– Mais pourquoi tu ne dessines pas, toi qui adores ça ? Tu voulais même faire une BD…

– Pas une BD, un manga !

– Oui, bon, c'est pareil… Pourquoi tu ne continues pas ça ?

– J'ai déjà continué, mais avec Dinah. Je ne veux pas reprendre sans elle.

– Alors trouve autre chose à faire !

– Pas envie…

La conversation s'est arrêtée là, maman m'a dit bonsoir et elle a éteint la lumière. Moi, j'ai pris ma lampe de poche pour lire en douce, puis je me suis sentie moins triste et je me suis endormie.

Le lendemain, quand je me suis réveillée, mes parents étaient déjà partis travailler, alors j'ai préparé mon petit déjeuner que j'ai pris en lisant un manga. C'est à ce moment-là que le téléphone a sonné, ce qui m'a étonnée car, en général, personne n'appelle à la maison le matin. C'était maman, de son travail, pour me dire que j'étais invitée à déjeuner chez Dinah ! Elle et ses parents venaient de rentrer de Paris où ils avaient passé la première semaine de vacances, et la mère de Dinah était passée à l'épicerie pour proposer à maman que j'aille déjeuner chez eux.

– J'ai dit oui pour toi. J'espère que tu ne m'en veux pas, a précisé maman, et même si je ne pouvais pas la voir, à sa voix j'entendais qu'elle souriait.

– Merci maman, merci !

– Ça va, ça va. Allez, va te préparer, et à ce soir !

Tout allait donc pouvoir recommencer comme avant. Et c'est vrai qu'à partir de là, j'ai passé les meilleures vacances de Noël de ma vie. J'ai même eu le droit de rester dormir chez Dinah le 31 décembre, pendant que papa et maman réveillonnaient chez des amis. Le père de Dinah nous a organisé une soirée « spécial Japon » (qu'il connaissait bien, Dinah m'a expliqué qu'il avait travaillé là-bas pendant six mois). On a eu un menu de rêve : en entrée, sushis, makis et soupe miso, puis des teriyakis (des petites brochettes, avec de la sauce super bonne) accompagnées d'une salade d'algues wakamé et, en dessert, bananes flambées (bon, je sais, ça n'a rien à voir avec le Japon, mais il paraît qu'ils ne sont pas très forts en desserts, les Japonais). Tout ça en regardant *Le Château ambulant*, un dessin animé de Miyazaki que j'ai adoré.

Le lendemain, mes parents sont venus me chercher et ont offert à ceux de Dinah une bourriche d'huîtres de notre parc.

– Ce sont les meilleures ! a dit papa (que j'ai trouvé un peu vantard).

Puis ils ont tous discuté dans le salon, en buvant du thé (et du café pour mon père).

Le soir, à la maison, mes parents m'ont dit qu'ils étaient finalement d'accord pour que je reste chez Dinah le lundi et le jeudi jusqu'à 18 h 30, soit les jours où mon frère a un entraînement de foot. Je crois qu'à ce moment-là, ils auraient aimé que je saute de joie, mais, en vrai, je ne trouvais pas ça juste d'être obligée de rester à la maison pour m'occuper de Pierre. J'ai remercié quand même, alors ma mère a ajouté :

– Et puis si vous voulez vous voir davantage, Dinah peut toujours venir à la maison. Sa mère m'a expliqué pour ses allergies alimentaires. S'il s'agit de manger du pain trempé dans une sauce à l'huile d'olive et au citron accompagné de carottes râpées pour le goûter, je devrais pouvoir vous préparer ça !

8

La vie a donc recommencé comme avant sauf que, désormais, Dinah venait à la maison le mardi et le vendredi après le collège. On s'amusait tellement toutes les deux que les semaines se sont mises à filer comme l'éclair. J'aimerais pouvoir dire pourquoi c'était bien, mais c'est dur à expliquer. C'était bien parce qu'on s'entendait bien. C'était bien parce qu'on rigolait bien. C'était bien parce qu'on faisait nos devoirs en moins de deux et qu'après, on se mettait à notre shojo. C'était bien parce que c'était bien.

On ne se disputait pas beaucoup, mais un peu quand même. Souvent, c'était à cause du scénario de notre shojo. Moi, je voulais continuer sur l'amitié entre Hildeline et Vita, et la réaction d'Hildeline depuis qu'elle avait appris qu'elle était la fille du roi et de la reine des Hatoshis, ennemis héréditaires des Masahis qui l'avaient enlevée quand elle était bébé. Dinah, elle, avait plus envie qu'on raconte l'histoire d'amour entre Hildeline et Ispan, le frère de Vita.

Et puis au milieu du deuxième trimestre, on a eu une intervenante extérieure en musique. Une prof de jazz qui devait nous apprendre le scat (ça veut dire faire *bouboubibabou* en jouant avec sa voix sur la musique, ça a l'air facile dit comme ça, mais en fait c'est super dur) et des « standards » (ça veut dire des tubes) de jazz, avec le projet d'inviter à la fin de l'année les parents à venir nous écouter. Elle a demandé qui jouait d'un instrument dans notre classe et seuls Dinah et Maxime ont levé le doigt. Lesquels ? Dinah a dit piano, et Maxime guitare. Comme il y avait un piano dans la salle, elle a juste demandé à Dinah si elle voulait bien nous faire une démonstration.

Alors Dinah a posé ses doigts sur les touches et ça a été un déferlement de notes, comme le premier jour où j'étais allée chez elle. J'ai vu que la prof était très impressionnée et, à la fin du cours, elle a demandé à Dinah si elle pouvait rester quelques instants.

Quand Dinah est venue me rejoindre à la récré, j'ai demandé :

– Alors ?

– Elle voulait savoir si j'acceptais de faire l'accompagnement au piano pour le spectacle.

– Tu as dit oui ?

– Bien sûr ! Surtout que ça ne change pas grand-chose : si je veux, je peux aussi chanter avec vous en même temps que je joue.

Mais si, ça a changé beaucoup de choses. Et surtout Maxime. Il faut savoir que Maxime, Léa, Sonia et moi, on est dans la même classe depuis la maternelle. Les parents de Maxime sont propriétaires du Grand Hôtel, juste à côté de l'épicerie Aymard, et j'ai entendu plusieurs fois ma mère dire : « Si ça se trouve, Sonia et Maxime se marieront plus tard, ce qui, soit dit en passant, arrangerait bien leurs familles ». Ce qui est sûr, c'est que Sonia a toujours considéré Maxime comme sa propriété personnelle, ce que jamais personne n'a pensé lui contester : Maxime étant le plus beau de la classe, on trouvait tous normal qu'il soit avec la star de l'école. D'autant que leurs parents se connaissent, ils sont même amis : chaque année, les deux familles partent ensemble pendant les vacances de février dans un club de vacances grand luxe, là où il fait chaud et où l'on peut se baigner toute la journée tellement l'eau est bonne (ce qui n'arrive pas chez nous, même en plein été), et Maxime et Sonia reviennent avec le même bronzage.

À la différence de Sonia, Maxime a bon partout : à l'école, au tennis, à la musique... Et puis il a toujours été plutôt gentil, même si, tous les deux, on ne se parlait pas beaucoup. En tout cas jusqu'au jour où Dinah s'est mise à jouer du piano dans la classe car, à partir de là, les choses ont bien changé. J'aurais tellement préféré que tout reste comme avant et que ce maudit piano ne soit pas là. Car, j'en suis sûre, rien ne serait arrivé si Maxime ne s'était pas intéressé de cette façon à Dinah.

9

Je ne sais pas ce que j'aurais fait à la place de Dinah si Maxime m'avait demandé de sortir avec lui. Peut-être que ça m'aurait flattée, mais ensuite ? Je crois que j'aurais dit non parce qu'il me suffisait d'être avec Dinah, de faire nos devoirs ensemble, de prendre nos goûters japonais et de dessiner notre shojo pour être heureuse. Pas besoin de s'encombrer en plus d'une histoire d'amour !

Le problème, c'est que Dinah, elle, voulait sortir avec Maxime. Elle disait souvent que c'était la meilleure année de sa vie parce qu'elle nous avait rencontrés Maxime et moi. J'avais été déçue qu'elle ajoute Maxime car, de mon côté, c'était la meilleure année de ma vie parce que je l'avais rencontrée, elle. Point barre.

Mais bon, c'était comme ça. Désormais, le mercredi, on passait l'après-midi tous les quatre en ville. Je veux dire Dinah, Maxime, Jérémy le grand copain de Maxime et moi. Comme on habitait tous à côté et qu'on avait des vélos, c'était facile d'aller en ville. En un peu plus d'un quart d'heure, on se retrouvait dans la rue du Grand Hôtel et de l'épicerie Aymard. On garait nos vélos dans le garage de l'hôtel, puis on allait au cinéma, deux rues plus loin. Ensuite, Maxime nous invitait à goûter au Grand Hôtel, et ça me plaisait quand le serveur en costume venait nous demander ce qu'on voulait et que je commandais une crêpe banane-chantilly. Maxime et Jérémy, eux, en prenaient toujours deux, mais maman m'avait dit qu'il ne fallait pas abuser. Dinah, elle, ne buvait qu'une orange pressée car elle avait trop peur de manger quoi que ce soit à cause de ses allergies alimentaires.

Le truc qui m'énervait le plus, depuis que j'allais le mercredi au Grand Hôtel, c'est que mon père n'arrêtait pas de dire, dès que je ne voulais pas faire quelque chose (par exemple, reprendre de la soupe) : « C'est sûr, maintenant qu'elle fréquente la haute… » Après tout, je n'y étais pour rien, moi, si on allait là-bas et franchement, j'aurais préféré continuer comme avant, juste Dinah et moi.

Cela dit, le truc qui me plaisait vraiment dans ces après-midi, à part la crêpe banane-chantilly du Grand Hôtel, c'était d'aller au cinéma. Mes parents, eux, ils travaillent beaucoup et ils ont rarement le temps de nous y emmener, sauf parfois pour voir des dessins animés qui plaisent à mon petit frère. Le problème, c'est que moi, je n'ai plus l'âge et qu'en plus, j'ai la trouille de rencontrer quelqu'un que je connais et d'avoir la honte intégrale ; alors si je peux, je refuse (sauf quand c'est le soir parce que j'ai encore plus la trouille de rester seule).

Tandis que là, on y allait presque chaque

mercredi et je voyais enfin des films de mon âge ! Dinah et moi, on s'asseyait au milieu, Maxime se mettait à côté de Dinah et Jérémy, à côté de moi. Dans l'obscurité, il me semblait bien que Maxime et Dinah se serraient l'un contre l'autre et même qu'ils s'embrassaient, mais moi, je préférais ne pas regarder et rester concentrée sur le film.

Mais un jour, Jérémy s'est mis en tête de sortir avec moi. Peut-être qu'il se disait que ce serait pratique parce que son ami Maxime sortait déjà avec mon amie Dinah. Ce mercredi-là, une fois les lumières de la salle de cinéma éteintes, il a attrapé ma main, mais je l'ai vite retirée, et ensuite j'ai fait bien attention à lui laisser tout l'accoudoir. Ce n'était pas très confortable, mais je me suis dit qu'au moins il comprendrait. Eh bien pas du tout ! Le mercredi suivant, il a recommencé. Au milieu du film, voilà qu'il a mis sa main sur mon épaule et qu'il s'est penché vers moi comme s'il voulait m'embrasser. Franchement, il était lourd, et sur le moment ça m'a tellement énervée que j'ai eu envie de lui coller une gifle. Mais au lieu de ça, je me suis levée brusquement pour aller aux toilettes alors que je n'en avais pas du tout envie d'autant que c'était un moment hyper important dans le film. Le soir même, en raccompagnant Dinah jusqu'à son portail, je lui ai dit que j'en avais marre de ces après-midi à quatre et que, dorénavant, je ne viendrais plus.

Dinah m'a répondu que je l'obligeais à choisir entre Maxime et moi et que c'était dégueulasse, et moi, ça m'a vraiment énervée qu'elle dise ça.

– Mais je ne t'oblige à rien du tout ! J'ai le droit d'en avoir marre. Je ne suis quand même pas obligée de venir…

– Oui, mais moi, je ne pourrai plus passer les mercredis après-midi avec Maxime si tu n'es pas avec moi.

– Et pourquoi ? j'ai demandé (alors qu'en fait, je savais très bien pourquoi : c'est vrai que c'est ridicule de passer l'après-midi en couple tandis que si Jérémy et moi on était là, ça faisait bande).

– Tu es égoïste, a dit Dinah d'un ton calme, comme si elle avait pesé le pour et le contre, ce qui m'a encore plus énervée.

Alors j'ai crié :

– Et toi, tu n'es pas égoïste ? Il faudrait juste que je vienne parce que tu l'as décidé, c'est ça ?

Et sur ces mots, je suis rentrée chez moi. Une fois dans ma chambre, je me suis allongée sur mon lit et j'ai regardé le plafond en repensant à notre conversation. Franchement quoi, elle exagérait ! C'était quand même mon droit de ne plus supporter ce gros lourdingue de Jérémy !

10

Avec Dinah, on est restées fâchées au moins une semaine et j'ai trouvé ça vraiment pénible. Quand Léa et moi on avait arrêté d'être amies, ça n'avait pas été facile, mais là, c'était pire encore : chaque journée qui passait semblait durer un siècle. Aux récrés, Dinah restait souvent seule car Maxime, lui, jouait au foot avec ses copains. Quant à moi, je discutais avec Sonia et Léa – qui avait eu l'air très contente de me voir revenir –, mais en vérité, je me rendais compte que je ne les aimais ni l'une ni l'autre.

Surtout quand j'ai fini par comprendre que, si elles m'avaient si bien accueillie, c'était parce que Sonia en voulait à mort à Dinah et qu'elles avaient décidé de l'isoler. En vérité, Mademoiselle Sonia n'avait pas supporté que son cher Maxime ne soit plus sa propriété personnelle et qu'il sorte avec Dinah. Et bien sûr, Léa avait suivi Sonia comme un petit chien…

Il y avait un truc que Sonia n'arrêtait pas de répéter pour ridiculiser Dinah. Depuis qu'elle l'avait entendue dire à Maxime que, si elle s'appelait Dinah, c'était parce que le livre préféré de sa mère était *Alice au pays des merveilles* et que la chatte d'Alice s'appellait Dinah (c'est vrai que c'était bête de dire ça, mais Dinah ne s'en était pas rendu compte), Sonia passait son temps à répéter à tout le monde, en faisant des mimiques ridicules et en prenant un ton complètement idiot: «Je m'appelle Dinah, comme la chatte d'*Alice au pays des merveilles*, qui est le livre préféré de *ma maman.*» Moi, je suis convaincue que ça a joué dans le fait que Dinah et Maxime ont fini par casser. Et un mardi où on rentrait en bus ensemble, je suis allée m'asseoir à côté d'elle et j'ai dit:

– On fait la paix ?

À partir de là, j'imaginais que tout allait redevenir comme avant, mais je me trompais. Au lieu d'oublier cet idiot de Maxime, Dinah n'arrêtait pas de me parler de lui. Et moi, au lieu de lui dire de se taire, j'ai voulu l'aider.

Fin juin, j'allais fêter mes douze ans et, comme mon année de 6e s'était bien passée, ma mère m'avait proposé d'organiser une petite fête pour mon anniversaire, le troisième samedi du mois. Elle avait ajouté qu'on pourrait même fermer les rideaux si on voulait, mettre de la musique et danser un peu. Et elle avait dit « Ça sera ta première boum » avec un drôle de sourire, comme si c'était sa première boum à elle.

Je trouvais bizarre qu'elle me propose ça. En général, pour nos anniversaires à Pierre et moi, maman faisait un gâteau et on restait en famille. Du coup, je ne savais pas très bien quoi lui répondre. Mais quand j'en ai parlé à Dinah, elle a eu l'air si enthousiaste que ça m'a convaincue, et j'ai commencé à réfléchir à qui j'allais inviter. Dinah, elle, insistait pour que j'invite Maxime. Elle voulait qu'ils ressortent ensemble – c'est vrai que depuis quelques temps, il n'arrêtait pas de la regarder.

J'ai donc dit à Maxime, Jérémy, Kevin, Marie-Lou et Laura de venir. Jusque-là, tout allait bien, mais ma mère trouvait que ça ne faisait pas beaucoup de monde pour une boum. C'est peut-être pour cela qu'elle a tant insisté pour que j'invite Sonia, dont la mère avait bien fait comprendre à la mienne qu'elle attendait mon invitation. Moi, je n'en avais pas du tout envie, mais j'ai eu beau dire que ça ferait trop de filles et pas assez de garçons, ma mère ne voulait rien entendre. Du coup, en plus de Sonia, j'ai aussi invité Léa (sinon ça faisait comme si je voulais me venger d'elle), mais il y avait vraiment trop de filles, alors j'ai proposé à Paul de venir, même si je ne le connais pas tellement.

Aujourd'hui, je me dis que sans cette boum,

rien ne serait jamais arrivé. Et ça m'énerve d'autant plus que moi, je n'y tenais pas. J'aurais préféré un gâteau d'anniversaire en famille, comme les autres années.

11

Je me rends compte que je vais trop vite car, entre le moment où l'on s'est réconciliées et ma boum, il y a eu New York.

Pour moi, New York est la plus belle ville au monde et il y a tant de choses à faire qu'on ne s'ennuie jamais. À l'Empire State Building, qui est un gratte-ciel très célèbre, on peut monter en ascenseur jusqu'au 102e étage, et de là on voit toute la ville jusqu'à la statue de la Liberté, posée sur un rocher en pleine mer à l'entrée du port de Manhattan (d'ailleurs, avant, quand on arrivait en paquebot après avoir traversé l'océan Atlantique, c'était elle qu'on découvrait en premier).

À Central Park, un parc en plein centre de la ville mais aussi grand qu'une forêt et bourré d'écureuils, on peut se balader à pied ou en calèche si on en a envie. Pas loin, il y a plein de musées bizarres à visiter, dont un avec d'énormes animaux empaillés et un autre construit en colimaçon, dans lequel on avance en faisant des tours de plus en plus petits jusqu'en haut tout en regardant les peintures accrochées au mur. Pour écouter de la musique classique, on va au Metropolitan Opera (on dit le Met), mais pour les comédies musicales, c'est à Broadway que ça se passe. À New York, il est possible de manger chinois le lundi, italien le mardi, indien le mercredi, etc. – on y trouve toutes les cuisines possibles et imaginables. Et puis, par rapport à ici, tout y est beaucoup plus grand : les immeubles, les parcs, les rues. Par exemple, pour aller de la 5ᵉ à la 6ᵉ Avenue, mieux vaut prendre un taxi jaune comme dans les films, sinon, à pied, ça peut durer des heures.

En fait, je ne suis jamais allée à New York,

mais Dinah, oui. Elle est partie la veille du conseil de classe du deuxième trimestre et les profs n'ont rien dit parce que sa mère leur avait expliqué qu'elles rejoignaient le père de Dinah qui y travaillait depuis Noël. Il est chef d'orchestre, et c'est comme ça que les parents de Dinah se sont connus : avant d'être prof de piano dans un conservatoire, sa mère était concertiste, elle jouait du piano sur scène. Un jour, elle a rencontré son père, qui dirigeait l'orchestre avec lequel elle devait jouer. C'est pour ça que je connais le Met, car Dinah y est allée plusieurs fois voir son père.

Moi, j'ai passé les vacances de Pâques chez ma grand-mère en Bretagne. Je l'aime beaucoup, mais j'aurais nettement préféré New York, surtout que Dinah ratait une semaine de cours pour passer plus de temps là-bas. Quand elle est rentrée, je lui ai dit qu'elle avait une sacrée veine et que j'aurais bien aimé y aller moi aussi. Ce qui m'a touchée, c'est qu'à ce moment-là elle a ouvert son placard pour en sortir un cadeau pour moi. J'ai ouvert le paquet et, à l'intérieur, il y avait un carnet de croquis, un shojo en anglais (que j'ai essayé de lire ensuite, mais je n'ai rien compris) et un tee-shirt *« I love NY »*, sauf qu'à la place de *« love »* il y a un cœur rouge vif.

Alors je lui ai demandé ce qu'elle avait fait là-bas, et elle a sorti un carnet identique à celui qu'elle venait de m'offrir : sur la page de gauche, elle avait décrit ses journées et, sur la page de droite, elle avait collé des tickets d'entrée de musée, des cartes postales, des prospectus, des programmes de spectacle, des menus de restaurant… tout ce qui illustrait ce qu'elle était en train de me raconter en même temps qu'elle tournait les pages de son carnet.

C'est pour ça que je suis aussi calée sur New York.

12

Après les vacances de Pâques, Maxime est arrivé au collège avec une casquette sur la tête. Ça nous a fait drôle, parce que c'était pas du tout son genre et qu'en plus, on n'avait jamais vu de casquettes comme ça : un peu rigide et avec une forme bizarre, qui montait haut sur le crâne – ça lui allait vraiment mal ! En tout cas, la prof de maths n'a pas du tout apprécié. Dès que Maxime est entré dans la classe, elle lui a hurlé de l'enlever IMMÉDIATEMENT sinon il prendrait une heure de colle. Là, Dinah et Maxime se sont fait un clin d'œil. J'ai alors compris qu'ils sortaient de nouveau ensemble et que la casquette venait de New York, c'était pour ça qu'on n'en avait jamais vu des comme ça. J'ai pensé que j'avais été trop bête de ne pas le deviner avant, vu l'insistance de Dinah depuis son retour de New York pour que notre shojo tourne autour de l'histoire d'amour entre Hildeline et Ispan, alors que moi je disais qu'il fallait aussi de l'action.

On s'était finalement mises d'accord pour qu'Hildeline s'enfuie du royaume des Masahis afin de rejoindre ses vrais parents, le roi et la reine du royaume des Hatoshis, et qu'Ispan la suive pour la protéger des bandits qui contrôlent le désert entre les deux royaumes.

En tout cas, ça m'a vraiment énervée sur le moment que Dinah m'ait caché qu'elle ressortait avec Maxime. Mais ensuite j'ai pensé que, comme on s'était déjà disputées à ce sujet, elle craignait de me le dire, même si elle avait essayé deux jours plus tôt, quand on travaillait sur notre shojo et qu'elle avait insisté pour qu'on change le personnage d'Ispan qu'elle imaginait plutôt comme Maxime, blond aux yeux bleus. Moi, je l'avais dessiné avec des cheveux très noirs, comme Hildeline, et j'avais refusé tout net, même s'il aurait suffi d'enlever à la gomme le noir qu'il avait dans les cheveux.

Pour en revenir à la casquette, j'imagine que Jérémy ou Sonia ont dû dire à Maxime qu'il était ridicule avec car il ne l'a plus jamais remise. Mais cet été, quand j'étais chez ma grand-mère avec mon frère et mon cousin Lilian, je l'ai aperçue sur la tête d'un acteur américain dont je ne me souviens plus du nom, dans un film qui se passait à New York. Sur le coup, ça m'a fait un sacré choc, et tout est remonté alors que j'étais bien tranquille avec ma grand-mère à boire notre tisane en mangeant du quatre-quarts, ce que l'on fait tous les soirs quand les garçons sont couchés (ma grand-mère dit toujours que c'est notre petit moment de plaisir à toutes les deux). Bref, je peux dire que j'ai pris cette casquette en pleine figure (au sens figuré, comme dirait la prof de français) et que ça m'a vraiment chamboulée.

J'ai fini par raconter à ma grand-mère tout ce qui s'était passé à la boum, avant de me mettre à pleurer. Alors elle m'a caressé la tête en me disant qu'il ne fallait pas que je me fasse du mouron – c'est une expression de ma grand-mère.

Ce qui est sûr, c'est qu'à Sonia non plus ça n'a pas échappé, l'histoire de la casquette. Et ce jour où Maxime est arrivé au collège avec, même si j'étais un peu déçue que Dinah ne m'ait rien dit, ça m'a bien plu de voir la tête de Sonia quand, après avoir surpris leur clin d'œil, elle a compris pour Maxime et Dinah.

13

Depuis que ma boum a eu lieu, j'y ai tellement repensé, que même dans cent ans je me souviendrai précisément de tout ce qui s'est passé.

D'abord, il y a eu les préparatifs. Ma mère était si excitée, jamais je ne l'avais vue comme ça ; elle voulait que tout soit parfait comme si c'était sa fête à elle, et je n'arrivais pas à comprendre pourquoi. Il fallait que la maison soit propre alors qu'on allait la salir, préparer plein de choses à manger alors qu'on allait surtout danser, n'acheter que des super jus de fruits naturels sans sucre ajouté et avec de la pulpe alors que d'habitude on prend plutôt les moins chers… Maintenant, je suis sûre que c'est parce que Sonia venait : ma mère ne voulait pas qu'après elle puisse raconter à sa mère, que chez nous, c'était pas propre, qu'on buvait des boissons dégueulasses, qu'on n'était pas riches et ce genre de choses.

Mais le truc chouette, c'était qu'à cause de Dinah ma mère avait décidé de faire tous les gâteaux elle-même. Alors je me disais qu'on allait se régaler, vu que, quand elle a le temps, ma mère est la reine de la pâtisserie. Deux jours avant, j'avais entendu la mère de Dinah donner tous les conseils à la mienne :

– Il faut absolument éviter l'arachide. Même la moindre trace peut être très dangereuse pour Dinah. C'est pour ça qu'elle ne peut absolument pas manger les gâteaux du commerce. Si vous regardez les emballages, vous verrez qu'ils en contiennent pour la plupart. En fait, pour ne pas prendre de risques, il ne faut utiliser que des ingrédients de base : sucre, œufs, farine, cacao… Et bien sûr, pas d'huile, sauf l'huile d'olive, mais l'huile d'olive dans la pâtisserie, c'est un peu bizarre…

– Et les produits laitiers, alors ? Louise m'a dit que Dinah ne les digérait pas bien, mais il est difficile de faire des gâteaux sans beurre ni lait…

– C'est presque impossible, surtout si on supprime aussi l'huile ! Dinah n'est pas allergique aux produits laitiers, juste intolérante. Si elle en mange trop, ça lui donne mal au ventre ou un peu d'asthme, mais ce n'est pas dangereux. D'autant qu'elle sait doser et manger juste ce qu'il faut. Donc, ne vous inquiétez pas pour ça. En revanche, excusez-moi si j'insiste, mais il faut absolument qu'il n'y ait aucune trace d'arachide…

– Je ferai très attention et je ne laisserai personne entrer dans ma cuisine, soyez rassurée.

– Merci pour Dinah, c'est très gentil à vous !

La boum commençait à 16 h, mais Dinah était arrivée en début d'après-midi pour m'aider à bien tout préparer : on avait choisi les morceaux sur lesquels on allait danser et réfléchi à des jeux qu'on pourrait faire si jamais on en avait marre de danser. Moi, j'avais mis mon nouveau tee-shirt « *I love NY* » avec mon pantalon rouge, et Dinah portait un jean acheté à New York et un tee-shirt noir avec une tête de mort en strass !

Puis ils sont tous arrivés, on a fermé les rideaux du salon et on s'est mis à danser. Là, j'ai commencé à me détendre car j'avais eu la trouille que ma boum soit ratée. Après cinq ou six morceaux, quelqu'un a mis un slow. Maxime a invité Dinah et Jérémy m'a invitée. J'avais envie de dire non, mais j'ai répondu oui – après tout, c'était ma boum et je n'allais quand même pas tout gâcher en faisant mon « sale caractère », comme dit ma mère. Était-ce parce qu'il avait peur de me marcher sur les pieds, en tout cas on restait toujours sur place et je commençais à m'ennuyer ferme. Alors, pour me distraire, je me suis mise à regarder Sonia qui regardait Dinah et Maxime danser. Appuyée contre la table du salon où maman avait disposé les gâteaux et les boissons, elle ne les quittait pas des yeux en même temps qu'elle murmurait quelque chose à l'oreille de Léa. Et, soudain, je l'ai vue prendre quelque chose dans son sac, qu'elle a mis dans l'assiette de gâteaux.

14

Connaissant Sonia, j'aurais dû me douter qu'elle ne laisserait pas Dinah sortir avec Maxime. Comme dit ma mère, les Aymard finissent toujours par faire déguerpir ceux qui se mettent en travers de leur route.

J'aurais dû comprendre tout de suite ce que faisait Sonia et arrêter immédiatement de danser ce slow débile avec Jérémy pour enlever l'assiette de gâteaux. Ensuite, c'est allé très vite.

Dinah et Maxime se sont approchés du buffet, Dinah a pris un gâteau, et elle s'est presque aussitôt sentie mal. J'ai appelé maman qui faisait son jardin, Dinah respirait de moins en moins bien, ses lèvres gonflaient. J'ai pensé à l'histoire de la guêpe dans la gorge et j'ai commencé à paniquer. J'ai crié à maman qu'il fallait faire très vite parce que bientôt, Dinah ne pourrait plus respirer et j'ai vu les mains de ma mère trembler quand elle a composé le numéro de téléphone du médecin. Comme c'était samedi, il était sur répondeur. Alors je lui ai dit qu'il fallait absolument joindre la mère de Dinah, elle a essayé deux fois mais c'était occupé. Moi, je pensais sans cesse à la guêpe et je voyais le visage de Dinah enfler de plus en plus et je l'entendais respirer de plus en plus mal alors je suis partie en courant jusqu'à chez elle et j'ai frappé au carreau comme une folle. La mère de Dinah a fini par sortir avec un air endormi – je crois qu'elle faisait la sieste, je lui ai expliqué ce qui se passait, elle a pris ses clefs de voiture, une trousse médicale et on est parties en trombe. Quand on est arrivées, Dinah ne respirait presque plus. Sa mère a dit : « Ça va aller, ma chérie, ça va aller, ne t'inquiète pas », et en même temps elle a pris une seringue dans la trousse qu'elle lui a plantée dans la cuisse. Ensuite, on a attendu un peu, elle a dit à Dinah de se calmer et que, si ça ne dégonflait pas, il y aurait toujours la solution de l'incision dans la gorge – et Dinah, au lieu de s'affoler, a eu l'air d'être rassurée. J'ai eu l'impression que ça durait des heures et des heures, mais en fait tout s'est passé en quelques minutes. Et puis les lèvres de Dinah ont un peu dégonflé, on l'a entendue respirer mieux, et c'était comme si moi aussi je me remettais à respirer. Sa mère lui a dit qu'elle allait la porter jusqu'à la voiture, elle parlait fort, elle criait presque, Dinah a fermé les yeux pour dire oui car elle ne pouvait plus parler. Je suis allée avec elles pour ouvrir les portières, j'ai demandé si je pouvais les accompagner, mais la mère de Dinah ne m'a pas répondu. Elle a claqué la porte de la voiture, elles sont parties, et je n'ai plus jamais revu Dinah.

Je sais que Dinah a failli mourir. Je sais qu'elle est rentrée chez elle le lundi, après deux jours passés à l'hôpital et qu'elle n'est plus retournée au collège. Mais comme c'était la dernière semaine de cours, elle n'a rien raté. Je sais que Dinah et sa mère pensent qu'on est coupables. Je sais que c'est Sonia qui a mis des gâteaux pleins d'arachide dans l'assiette des gâteaux de maman. Ce que je ne sais pas, c'est pourquoi je n'ai pas empêché Dinah d'en prendre alors que j'avais vu ce qu'avait fait Sonia et que je savais ce dont elle était capable.

Maman n'a rien mangé pendant deux jours. Jusqu'à ce que Dinah revienne de l'hôpital, elle est restée dans sa chambre, allongée dans le noir. Et quand je lui ai raconté ce que j'avais vu, elle a murmuré : « C'est pour ça qu'il y avait ces gâteaux dans l'assiette, je ne comprenais pas ! » Pas un mot sur Sonia, rien. Elle voulait que je n'en parle à personne, mais moi, j'ai tenu bon, j'ai dit que je n'étais pas d'accord, il n'y avait aucune raison pour qu'on soit accusées à tort. Et puis surtout, surtout, je ne voulais pas que Dinah croie qu'on avait voulu lui faire du mal. Et même si elle restait fâchée une fois qu'elle saurait toute l'histoire, parce que j'avais vu Sonia et que je n'avais pas su réagir, je voulais quand même tout lui dire. Alors maman m'a regardée droit dans les yeux en me tenant les mains et m'a dit que c'était très important pour nous tous que je me taise. Elle voulait que je le jure et, quand j'ai vu qu'elle n'en démordrait pas, j'ai juré en croisant mes deux gros orteils ensemble.

Ensuite, j'ai sonné chez Dinah quand ma mère était au travail, mais personne ne m'a ouvert. Puis on m'a envoyée chez ma grand-mère passer l'été.

15

En juillet, les Anglais ont débarqué. Je veux dire que j'ai eu mes règles. Je suis sortie des toilettes pour l'annoncer à ma grand-mère et aussi parce que je n'avais rien pour empêcher le sang de couler entre mes jambes (j'avais juste mis un peu de papier toilette), mais au lieu de me répondre, elle m'a donné une gifle. Pas une gifle méchante, non, une petite gifle mais une gifle quand même, et moi, je ne comprenais pas et j'ai regardé ma grand-mère avec un « air si éberlué », comme elle a dit, qu'elle s'est mise à rire et m'a expliqué que c'était la tradition de donner une gifle aux filles le jour où elles ont leurs premières règles. Je me suis dit que ça commençait bien !

À part ça, je me suis plutôt ennuyée et, d'ailleurs, ma grand-mère a dit à maman au téléphone que j'étais trop grande désormais pour rester toute la journée à la plage et que, peut-être, l'année prochaine, il faudrait trouver autre chose.

Quand je suis revenue à la maison fin août, maman m'a mesurée : 1 m 68 ! Elle a dit que c'était dingue, que j'avais pris au moins dix centimètres pendant l'été et qu'elle ne me reconnaissait plus tellement j'avais changé. Bien sûr, elle exagérait, mais c'est vrai que, quand on a fait le tour de ma garde-robe, on s'est aperçues que la plupart de mes affaires étaient devenues trop petites. Alors, un jour où maman finissait plus tôt, on est allées à Cherbourg faire des courses toutes les deux. Sur la route, elle n'arrêtait pas de dire combien elle était contente qu'on se retrouve entre filles, et moi, au lieu d'être contente aussi, ça me faisait penser à Dinah et ça me rendait triste.

Elle m'a acheté deux pantalons, un pull, une paire de bottines et deux soutiens-gorge – ma poitrine avait poussé pendant les vacances et, du coup, j'avais gardé tout l'été mon haut de maillot sous mon tee-shirt car je n'avais rien d'autre. Dans la boutique, ma mère a dit tout fort à la vendeuse que je venais d'entrer dans la puberté. Moi, j'étais très gênée et je suis devenue toute rouge. Finalement, on a choisi un blanc tout simple et un violet en coton avec des petites rayures roses et la culotte assortie. J'aurais juré que maman n'allait pas vouloir pour la culotte, mais elle a dit :

– On la prend aussi parce que c'est très joli.

C'est sur le chemin du retour que maman m'a reparlé de Dinah et de la boum.

– Je sais que tu m'en veux, Louise, de n'avoir rien dit pour Sonia, mais je n'avais pas le choix.

– Mais maman, c'est injuste ! Tu n'y es pour rien et la mère de Dinah pense que tout est arrivé à cause de nous.

– L'essentiel, c'est que Dinah a été sauvée, non ?

– Oui, mais je ne supporte pas qu'elles nous croient coupables. On aurait dû leur expliquer ce qui s'est passé !

– Je ne pouvais pas, Louise. Tu sais, à l'épicerie, c'est difficile. Ils commencent à licencier et moi, grâce à mes seize ans d'ancienneté, j'ai un salaire correct, du coup, je suis dans le collimateur. Alors, ça ne pouvait pas tomber plus mal, d'autant qu'il faut finir de payer la maison et financer vos études à Pierre et toi. Tu as réfléchi à ce qui se passerait si je perdais mon travail ?

Je pensais que la vie était mal faite, qu'il y avait vraiment trop d'injustices, quand ma mère a ajouté :

– Surtout que tu n'es pas en cause, Louise. Ta conduite a été exemplaire et je pense que Dinah le sait. En tout cas, je voulais te dire que je suis très fière de toi et que je t'aime très fort.

La nuit commençait à tomber et maman a allumé les phares. J'ai murmuré « moi aussi », et puis j'ai fermé les yeux.

16

Chaque année, à la fin du mois d'août, il y a le grand bal de l'été à la salle polyvalente. Ça ne me disait pas grand-chose, mais ma mère a insisté et on y est allés tous ensemble avec mes parents et Pierre. Mais moi je ne suis pas restée longtemps avec eux parce qu'il y avait toute la bande du collège et, d'ailleurs, Léa n'arrêtait pas de me coller vu qu'elle et Sonia ne se parlaient plus, sauf que moi, je n'avais plus du tout envie d'être son amie.

Alors, quand le grand frère de Jérémy m'a invitée à danser, j'ai dit oui – on se connaît depuis l'école, il était juste une classe au-dessus de nous. Et quand il m'a demandé de sortir avec lui, j'ai encore dit oui. On est allés dehors et il m'a embrassée. Moi je pensais que ce serait juste un smack, mais il a mis sa langue dans ma bouche, et quand elle a commencé à tourner, j'ai trouvé ça vraiment bizarre. J'ai ouvert les yeux, mais lui les gardait fermés, alors j'ai regardé le ciel et je me suis dit qu'il allait se rendre compte que je n'avais jamais embrassé de garçon de ma vie et que je ne savais pas ce qu'il fallait faire. Il a fini par arrêter de tourner sa langue, s'est un peu écarté et m'a regardée en souriant. J'ai vu qu'il se moquait de moi, alors je lui ai dit que je devais retourner dans la salle, que mes parents étaient sans doute en train de me chercher et là, il a encore voulu m'embrasser, mais j'ai dit juste un smack, il faut vraiment que j'y aille.

Le soir dans mon lit, j'ai pensé : ça y est, les Anglais ont débarqué et je suis sortie avec un garçon, maintenant je suis tranquille.

Hier, veille de la rentrée, j'étais sur la plage

quand j'ai vu une voiture se garer devant chez Dinah. Immédiatement, mon cœur s'est mis à battre fort dans ma poitrine, tellement fort que ça m'a donné mal à la tête. J'ai pensé qu'on allait enfin se revoir, que même si elle refusait de m'ouvrir, de toute manière on se retrouverait le lendemain au collège et que je pourrais enfin tout lui expliquer ! Je suis vite rentrée à la maison, j'ai dit à mes parents que je partais faire une balade en vélo. Ils buvaient leur café. Mon père, comme d'habitude, venait de mettre trois sucres dans le sien et ma mère lui disait qu'il fallait qu'il diminue la dose, comme l'avait recommandé le médecin, ce à quoi il a répondu : « Tu verras, il mourra avant moi ». Moi, je n'ai pas compris pourquoi il disait ça.

Arrivée chez Dinah, j'ai sonné, puis j'ai entendu des bruits de pas se dirigeant vers la porte d'entrée. De nouveau, j'ai senti mon cœur battre fort, en même temps que je réfléchissais à comment j'allais expliquer les choses à Dinah, que je pensais aussi à notre shojo auquel je n'avais plus touché depuis la boum, à nos goûters, au fait qu'on ne serait peut-être pas dans la même classe cette année mais que ce n'était pas grave, ça ne nous empêcherait pas d'être amies comme avant et de nous voir le soir…

Un monsieur que je ne connaissais pas m'a ouvert la porte. J'ai demandé à voir Dinah, mais il m'a dit qu'elle n'habitait plus là. Puis il a précisé :

– Je crois que les précédents propriétaires sont partis s'installer à New York, c'est en tout cas ce que nous a dit l'agence immobilière en nous vendant la maison.

– C'est qui ? a demandé une femme depuis l'étage.

J'ai vu qu'il ne savait pas quoi répondre, alors j'ai crié fort, pour qu'elle m'entende :

– Je suis la voisine, on habite une maison un peu plus loin, de l'autre côté de la route, et je voulais savoir si Dinah était rentrée de vacances.

– Enchanté, m'a dit le monsieur.

Et il a refermé la porte.

17

C'est pour ça qu'aujourd'hui, jour de notre entrée en 5e, je n'ai pas peur du tout – et même je m'en fiche d'avec qui je suis. Léa est dans ma classe et elle s'est tout de suite assise à côté de moi comme si c'était normal, alors que je ne lui ai rien demandé. Elle m'a expliqué que Sonia était désormais inscrite dans un collège privé à Cherbourg et qu'elle ne rentrait que le week-end. Elle a ajouté : « Bon débarras ! » Je me suis dit que jamais on ne redeviendrait amies.

– T'as des nouvelles de Dinah ? m'a demandé Maxime à la récré.

– Elle est à New York.

– T'as son adresse ?

J'ai menti car je ne voulais pas qu'il croit qu'on était fâchées :

– Pour le moment, ils logent chez des amis, mais dès qu'ils auront trouvé un appartement, Dinah me l'enverra et je te la donnerai.

– Merci.

Puis il m'a dit qu'il trouvait que j'avais changé. En mieux. Il m'a regardée d'un drôle d'air avant de partir, et pendant tout ce temps-là Jérémy nous observait de loin. Je crois qu'il est vexé que je sois sortie avec son frère.

Et ce soir, je suis rentrée par le bus scolaire et je me suis sentie encore plus seule que l'année dernière.

Voilà ce qui m'est arrivé de plus important pendant mon année de 6e. Mais bien sûr, pas question que je raconte tout ça dans une rédaction destinée à une prof que je ne connais même pas, c'est beaucoup trop intime !

Alors voyons voir, que pourrais-je bien raconter ? Et si je parlais de New York ? Ceux de ma classe savent bien que je n'y suis pas allée, mais c'est quasiment sûr que la prof ne lira pas tout haut nos rédactions. Même si c'était le cas, n'avons-nous pas recopié sur notre agenda que « nous avons le droit d'inventer, de mêler le réel et l'imaginaire. En aucun cas nous ne sommes tenus de dire la vérité et toute la vérité, ce devoir n'étant pas une déposition devant un tribunal » (souligné deux fois) ?

*Louise Polet, 5*e *5*

*Sujet : Racontez ce qui vous est arrivé de plus important durant votre année de 6*e*.*

*« Ce qui m'est arrivé de plus important durant mon année de 6*e *a été de partir à New York avec ma meilleure amie pendant les vacances de Pâques. Même si c'était un long voyage, mes parents avaient accepté que j'y aille parce que j'apprends l'anglais et que*

là-bas, je pouvais m'entraîner à pratiquer la langue.

Nous avons pris l'avion à Paris avec la mère de ma meilleure amie pour rejoindre son père qui est chef d'orchestre et travaille à New York. Pendant tout notre séjour, nous avons vécu dans son appartement à Manhattan et c'était vraiment super.

Nous avons fait un tas de choses durant ces deux semaines. Nous sommes montées en ascenseur en haut de l'Empire State Building, pour voir la ville jusqu'à la statue de la Liberté, posée sur un rocher en mer à l'entrée du port de Manhattan (avant, quand on arrivait en paquebot après avoir traversé l'océan Atlantique, c'était elle qu'on découvrait en premier). À Central Park, un parc au milieu de la ville, aussi grand qu'une forêt et plein d'écureuils, nous avons fait une balade en calèche. Nous avons aussi visité plusieurs musées, dont un construit en colimaçon, dans lequel on avance en faisant des tours de plus en petits jusqu'en haut tout en regardant les peintures d'art moderne accrochées au mur : c'est le musée Guggenheim. Nous sommes allées au Metropolitan Opera écouter de la musique classique et à Broadway voir Cats, *une comédie musicale où les danseurs et les chanteurs sont déguisés en chats. Nous avons mangé dans plein de restaurants différents : chinois, indien, italien, japonais. Par rapport à ici, tout est beaucoup plus grand : les immeubles, les parcs, les rues… Par exemple, pour aller de la 5*e *à la 6*e *Avenue, mieux vaut prendre un taxi jaune comme dans les films, sinon, à pied, ça peut durer des heures.*

C'était tellement bien qu'à la fin des vacances, quand il a fallu rentrer, j'étais triste même si ça me faisait plaisir de retrouver ma famille (à ma mère, j'ai rapporté un tee-shirt ; à mon père et mon frère, une casquette chacun), et je me suis dit qu'un jour j'y retournerais.

Marianne Rubinstein

Marianne Rubinstein vit à Paris. Comme Dinah et Louise, elle adore la cuisine japonaise et le gâteau aux pommes et à la cannelle. Elle aime aussi écrire chez elle, bien calée dans son canapé rouge, un ordinateur sur les genoux et une tasse de thé à portée de main. Elle a d'abord publié des romans et des essais destinés aux adultes. Ce n'est que récemment qu'elle s'est mise à écrire pour les « moins vieux » et maintenant, elle aurait du mal à s'en passer !

D'autres auteurs ont écrit pour "Mes années collège"

Joëlle Ecormier
Enzo, 11 ans, sixième 11
Prix jeunes lecteurs 2014 ; Cultura - La Jeunesse a du talent
Prix Beaugency 2014
Prix Paille-en-queue 2014

Lorris Murail
Lundi, couscous

Anne Mulpas
Le big big boss

Jean-Paul Nozière
Mon Américain